U0910566

唯有山川可以告诉

WEIYOU
SHANCHUAN
KEYI GAOSU

庞白 著

漓江出版社

图书在版编目（CIP）数据

唯有山川可以告诉 / 庞白著．—桂林：漓江出版社，2018.11（2022.6重印）
ISBN 978-7-5407-8384-6

Ⅰ．①唯… Ⅱ．①庞… Ⅲ．①散文诗—诗集—中国—当代 Ⅳ．①I227

中国版本图书馆 CIP 数据核字 (2017) 第 328249 号

唯有山川可以告诉
WEIYOU SHANCHUAN KEYI GAOSU

作　　者　庞　白
出 版 人　刘迪才
策划编辑　何　伟
责任编辑　何　伟
责任校对　苏子新
装帧设计　璞　闾

出版发行　漓江出版社有限公司
社　　址　广西桂林市南环路 22 号
邮　　编　541002
发行电话　010-85893190　0773-2583322
传　　真　010-85890870-814　0773-2582200
邮购热线　0773-2583322
电子信箱　ljcbs@163.com
网　　址　http://www.lijiangbooks.com
印　　制　河北浩润印刷有限公司
开　　本　787 mm × 1092 mm　1/32
印　　张　5.75
字　　数　150 千
版　　次　2018 年 11 月第 1 版
印　　次　2022 年 6 月第 3 次印刷
书　　号　ISBN 978-7-5407-8384-6
定　　价　45.00 元

此书为广西壮族自治区党委宣传部和广西文联共同举办的全国公开招标的『2015—2017「美丽南方·广西」文学创作项目』中入选的三部诗集之一。

回旋的炽热和悲凉
缠绵又决绝
是寄托，是预言，更是咒语

目 录
Contents

一 第一辑　两片云在山顶偶遇

— 第二辑　随便一块石头都是家

— 第三辑　海是山故乡

第四辑　遇见松鼠的下午

第一辑

两、

片云在山顶偶遇

瞬间·元宝山

最初萌生的树叶，是一双携雷挟风的手。

中部凹进，南北隆起，四峰连绵，形若元宝。

元宝聚精气，催生一座山。元宝山中挺起一棵树，又一棵树。

16 亿年前，树下，一双眼睛，躲在岩石后，好奇，灰暗。

他听到人类渐近的欢呼，看到兽群渐近的狂舞。

四月。细雨初停，烟雾迷茫。

雾中群山，有神鹿闲步。一万年，一亿年，于他们，是瞬间，也是永恒。

山间，有苗瑶侗寨，渗透古朴。他们的歌谣，隐约逸出第四纪冰川冷杉的气息……万千细水，流过经年不变的土地。

天地间的无边倦怠，扩散着小动物的呼吸、山林的伸展、群星的思考和欣悦。

只剩下风的声音

暴雨过后，猫儿还蹲在那里。

“南山经之首曰鹊山。其首曰招摇之山，临于西海之上……丽麂之水出焉，而西流注于海……”（《山海经·南山经》）猫儿披青绿衣裳，站云雾中，送漓江和资江远去。

它马一样，仰天长嘶，期待越岭之巅纵身一跃。

瞬息万变让人陶醉的悠和秀，有着难以把握、危机四伏的雄和险。

美，从来不会无声无息、无始无终、无边无际。

美，有美的源起、延展和纵情，也自有美的内敛、节制和神秘。

尤其猫儿山的美——

寒武纪时期形成的褶皱山，雄壮又残忍；

峰岩，岿然不动却变幻无穷；

潺潺而出的涓涓细流，应天地之音拔地而起。

——仿佛只剩下风的声音了，如灰烬掠过，在世间，无依无靠。

但如今，大山用短暂的青翠替代远古的枯黄，云层之上，呈现爱恨情仇。

一想起那些翻滚的云，它们竟无处不在，似随时可展开的一掌星辰，一场未曾虚构的千古风月。

花山·壁画

日落。月升。

岁月的齿轮，一环扣一环，经年往返，如此精密，又如此简单。

时间行经此处，此处即是世事；时间行经彼处，彼处均为浮云。

时间行经至此，正逢月光洒满大地，四野温存，天地寂静。

他们的脚步，闪亮月黑风高之夜；他们劫后余生的欢乐，冲淡了传说中的浓烈杀气；他们内心萌发喜悦并持续，让骄傲泛滥。

为什么不骄傲？

彻夜不眠的醉酒欢歌中，他们和地神、天神、水神、山神一起，忘却悲剧，也扔掉了时间。

转眼间，缓慢的左江，又流走了两千年。

春花寂静。

崖壁依旧。

一只鹧鸪，仍然保持与生俱来的焦急和冷静，从一棵树跳到另一棵树。

它在高于江水的树梢上，不合时宜地呼唤春秋。

鹧鸪望着峭崖上各种土红色的人像发呆。那些人，有正面，也有侧面。他们有两脚叉开，两手高举，成半蹲式，也有两手平伸，两腿微蹲，成跳跃式。他们练兵习武、狂舞欢歌，还是祭祀祈求？他们身边的马、狗、藤牌、锣鼓，他们头顶的太阳、月亮、星辰，在讲述什么？

鹧鸪凌乱地啾啾鸣叫，鹧鸪倾诉着人类无法洞悉的烦躁，似乎也在阐述它们无法理解的人世间的悲凉。

西山晚钟

余晖遍野。

山下的大藤峡、白石洞天，找到了它们的位置。

北回归线，陪黔江、郁水来此，进浔江，见东塔回澜，并见证了大成国国都秀京，如飞尘，落下来，成城——浔州古城。

“尘世路间，不觉忙忙终日；碧云天里，何妨息息片时。”

天地间的冷暖，在世间一角，相濡以沫。

那么多平静。一点涟漪的愉悦，就可以把自己淹没。

而岁月无言，在山坳，去留无意。

晚钟声起。

远远的，夕阳中有一驾马车，沿山路滑过。

三五鸟雀，自树林中升起，其中一只飞到了马车前方。

一条小溪，伴山路，低声呼吸。

世间的纷争、烦恼、无着，如雾霭升腾，隐入茶山。

山间最后一丝残阳，照亮归一之万物。

夜晚，因黑暗而渐次明朗。

漓水之上，凌波微步，九马画山

时光在漓江上似乎全是清脆、欢快、明亮的。

然而，它们横空出世之后，这一段江山，画风突变。

——九匹马！

锋棱突出，清瘦的骨头，刀光剑影中，从容飞渡；

澎湃血性，灼热的气势，千军万马里，飞腾如虹。

它们，月黑风高之夜越过大山，

它们，蹄声犀利之响踏破岁月。

山河万里，繁华无限。它们，只从江面上一掠而过，给荒凉以欢呼，以奔腾，以凝固后依然不可阻拦的自信的锋芒……立在甲天下之山水丛中。

圆月高挂，而冲锋在即——

九骑，即全部。

轻生重死的九骑，大风一般，要掳走光阴！

大明山上杜鹃声

嘘——

低点声，再低点声，或者谁也别出声，把道路让开——

错过春天的千百里杜鹃，一下子全开了。

短柄杜鹃、华丽杜鹃、广西杜鹃、贵州杜鹃、毛棉杜鹃、红岩杜鹃、北江杜鹃、山桃花、深山含笑身边，赤松林、刺槐、麻栎，还有银杏、杜仲、水杉，也曾开过花。连翘、白檩、扁担杆子、胡枝子、绣线菊、石竹，一样成长过。

那些倒在山坳里的松叶和断枝，忧伤早已化解。

大火中消失的大树，业已超生。

枝条上，怒放的杜鹃，站在摇晃中，多么香，多么艳，多么忘我。

它们有幸站在高处，站在大明中，目送季节中所有扭曲的光阴远去，然后迎来属于自己死亡的荣耀。

镇南关背后

青石板上刻满马蹄。

每天清晨，马蹄声自动鸣响，整齐划一。

是一标一营人穿着清兵的服装，经过，往南，又往西。

他们是冯子材、苏元春、王德榜、陈嘉、蒋宗汉的部队。

人马合一、衣衫褴褛的队伍，走进月黑风高之夜。

他们在镇南关内约 4 公里处之关前隘，用土石画出一道线：有退者，无论何将遇何军，皆诛之！

他们严肃认真的到来，冲淡了传说中的浓烈杀气。

他们饥寒交迫的到来，只为蹲下能站起。

每天清晨，马蹄声后，路边的树林便开始有鸟儿从一棵树跳到另一棵树。

它们在我所有回忆都无法抵达的高度，用啾啾的凌乱叫声，阐述它们对这个世界的态度和悲喜。

大山十万，经过人间

萌生于高原雪山，行走过无人之境。

一千年，一万年，十万座山，化为十万头大象。

奔驰至此。

这是谁也始料未及的。澎湃、高亢、低陷、光亮、阴暗……瞬间回到初始。所有混浊和浑黄，化成漫天青绿，面朝大海。

背后是地平线，是缓缓流动的黄河、长江；前方是崭新的大海，是南亚、东南亚，是未来世界的蔚蓝天空；是意蕴丰富的云，从西北飘来，往南方飘去。

时光抛在身后，荒芜搁到天上。现在，剩下的，只有凝望。

大山之外，哪一朵云，经过人间，将要潜入海底？

大山之上，哪一朵云，深入石头，不断传递人间消息？

风起的日子，新月如钩

姑婆山上有仙姑——

昼行七日，姑娘妙虹看见大风中追寻归宿的树叶落向深谷。

夜行七夜，姑娘妙虹看见若隐若现的夜行流星如天边孤雁。

道路千万条，阿满哥，你走了哪一条？

千条万条通向奈何桥。

前三年，后三年，奈何桥上又三年！

今晚，新月如钩，恍惚三更灯火。这样的夜晚，该澎湃怎样的爱——

犹如忧伤躲避不开燃烧百年的地火，

相思更比悬崖上一站千年的五针松。
风起的时候，说过携手，不放弃美好记忆，
风息的日子，说过比肩，不相信岁月蹉跎。

而爱又如何？
世间薄凉，甜蜜只有回忆里。
爱又如何？
往事已忘，往事没在往事里。

八角寨，秋林无语

所有树木都不需要再次确认。

它们何其相似。

仿佛合一的树下，鸟儿低头觅食，蚂蚁爬过树皮，杂草四处蔓延……燃烧和寒冷相依相伴，温暖和死亡比肩而立。

这集体无意识的原野，是个人英雄主义的山峰。

无明亮，无黑暗，无邂逅，无错过，无悲悯，无欣喜，无惊讶。

这里瞬息万变，这里千年不动。

所谓天翻地覆，在此山林小道中，等同微风吹过高矮不一的树林，等同一片树叶在微风中随意落下。

等同天高云淡，北雁南飞——

一声声低沉的呼唤，胜过万千马匹惊天嘶鸣！

到木伦的林子里去

想起那触摸不到的欢乐，从树木根部蔓延到每一片叶子；溪水流过丛林，吞没了它们的来路；很快，丛林中积压日久的燥热，在寂静中翻腾起来。

还想到小道上畏天知命的枯叶、断枝，按着耐心徘徊的风。

而我要朝着风的方向，穿过尘埃，去林子。我想去探看那些倒下的巨大树木，是否安好。我要由着那些枯枝的指引，去看看沿路返回的一队队蚂蚁，今晚睡在何方。

进入林子之前，我必须顶着漫天灰暗，拐过街角，离开热闹。到了野外，必须正好遇到一匹刚刚撒开蹄子跑向林子的马。而我，必须和那匹马一起，不假思索，纵情奔跑。

跑啊，跑啊，我们要忘记远近高低，忘记山川擦肩而过。

大容山见闻

仍然会有细雨，在天上飘，沾湿头发；

仍然会有轻风，在山涧流，送来温柔；

山石仍然粗犷，竖立山之上；山色仍然收敛，隐藏清香深处。

仍然会不期而遇三五鸟鸣，响于树梢，它们只回应生机，不惊动寂静；仍然会有冬寒从山顶压下来，春暖在山底迎上去；仍然会有生命萌动的声音在泥土、山石和草木中，拔节。

空山幽谷，一刻不停进行着万千变化。

那变化是山中的浓翠，是云海的呼吸，与自然生长的声音融为一体后阴霾里迅速蔓延的艳丽无边。

莲花山放肆地笑

她无心无肺的村姑脾气，漫不经心地扩散。那么坦然。使少走山路的我，不得不相信原始和朴素，真好。

当然，你也可以觉得不好。

但是，这有什么关系呢?

她站在阳光下放肆地笑，露出两颗兔牙。她养了满山杜鹃。杜鹃都叫过千万年了，她还站在那里，不言不语，只是微笑。

南湖边，柳树下

那棵柳树看尽了人间的生离死别和无常变幻。

而春天的气息仍盛：花落了，泥土收藏了花朵的娇艳；冬天来了，云彩留下了往日的痕迹。

谁的双手，在这里，掩埋半生酸涩，又把下辈子的沉默注入不动声色的湖水之中？

这株柳树，那么老！它站在遍体鳞伤中。

它满身皱纹里，有瓷器破碎的声音。那清脆的声音，如细雨，在天地间纷飞。

那声音，有一天，突然，如山洪暴发，以迅雷不及掩耳之势，泛滥下来。

而青山依旧在，几度夕阳红——

“用你苍凉的双手，擦去我脸上的青翠！”

黄姚一梦

九宫八卦阵摆在田野中间。石板是接通街道和夜色唯一的桥梁。

五百年前，如此。二十年前，如此。而今，依然如此。

宝珠观古戏台上，高矮胖瘦的身影，来来往往。爱恨情仇，帝王将相，都灰飞烟灭了。

烽火连三月，枯寂数百年。而天马山下，古镇如石。

潇贺古道，横着，竖着，担着岭南文化和粤语最早发祥地的重量，于岭南地界，步步有声。

古镇上的亭台楼阁、楹联牌匾，反复用智慧印证梦境，却终究敌不过脚下随便一块石板真实。它们，古老，可靠。

黄姚的石头，有田野之气，而且到达虚无之美。

就像夕阳，气定神闲，照在每一个角落，照在古人走过的凹凸上。那神情各异的金黄，是时间，是真正的梦者。

扬美那些转弯

天色从河对岸灰暗过来。泊在岸边的木船上，有人淘米，有人洗菜，有小孩哭，有喝酒和争吵的声响。有人往岸上提东西，有人冲江心使劲吆喝。

河滩上石子无数。随手往水中摸一块，搓洗两下，满身泥尘的石子，顿时变得光滑和舒适。恰好有一道光线照在石子上，闪出奶黄的光。

然后，把它放回河水中。

它们躺下，不知又要躺几千几万年。

转过将倒未倒的泥砖墙，就看到她，扶着破旧的木门，张望。

浅灰色上衣。深灰色裤子。疏于整理的深灰色头发。头发掠过前额，遮掩着眼睛。她的手，少有的粗大，有些不知所措。她身后摆放着诸多无序的杂物：扎竹排剩下的竹子、旧锅、柴草、碎砖、藤椅、塑料薄膜、木桶……

好像早就知道我们会经过这里，突然相遇，她看起来没有一点诧异。她树皮一样的脸，正渐渐舒展。她石刻似的嘴在说话，但听不清。她蒙眬的眼睛里，有一种东西融化、流动。

我朝她按下快门。

我们一起，站成了眼前的世界。

墙角，堆放着四层灰老瓦：每片颜色深浅不一，弧度、大小、完整程度，却接近。

瓦堆最上一层，搁着三只泥黄色的瓮。两只大的，一只小的。大的倒立，小的侧卧。一株羊齿植物从侧卧的小瓮口探出。更多细柔的垂丝，自屋顶挂下，轻轻摇晃，绿得耀眼。几块巴掌大的石头，东一块，西一块，搁在瓦堆上，和贴着青砖墙脆生生站着的蝴蝶兰一起，保守着某种秘密。

夜深后，星辰稀少，弯月渐升。

小镇的老房子，坐在漆黑的淡然里，像一群靠在一起听风的老人，顺应天理又相忘于江湖。

除河水流淌，虫蚁吱吱，天地间，好像再也没有别的声音了。

竹林深处有大圩

八条大街，十三个码头，数万人，“逆水行舟上桂林，落帆顺流下广州”。

……时间，又过去一千年。

倒塌的倒塌，坚挺的坚挺。

天地间的事物，各安天命，而总有一些古老被拭新。像那落日，又站到了江水中。

“大圩江上芦田寺，百尺深潭万竹围；柳店积薪晨爨后，僮人荷叶裹盐归。”（明解缙《大圩》）

依然山色苍翠，水声潺潺，秋蝉的鸣叫清脆、明亮又含糊不清。

漓江边的码头上，停泊着三五只熟睡的木船，背对广东、湖南、江西的会馆及清真寺。那些远道而来的人，在“哗哗”作响的水声中，又悄悄走远。

只有河对岸毛洲岛上升起的几缕炊烟，天天和微风吹送的白云互相致意。

一碗粥里的狂欢

竹椅斜躺，蝉声如梦，一群鸡崽摇摇晃晃走进芦圩古镇的夏日阳光。

黑锅煮着人间白粥，一熬就是五六百年。

……风吹过，粥香没了，炮龙声来了。

龙牌高举，锣鼓喧哗，八音齐鸣（唢呐、京胡、二胡、大胡、秦琴、锣鼓、钹、木鱼）。

一束火把，照亮街市。

一条巨龙，舞起狂欢。

闪烁的光芒，是吉祥兴旺的传说，也是添丁发财的象征，更是千百年来目光对世事的审视和期待。

它们挑战般的光芒，比一百颗太阳的光还耀眼，比一千头老虎的奔跑还猛烈。

就像卢氏粥香，来自另一个世界，却天天喂养眼前的生活，年复一年，切割日月。

它们在这个古镇，似乎要把内心深处引而不发的事物，纷纷点燃、引爆。

然后，在我们目光无法企及的地方，一一填埋。

返回江头村

背景阔大：

大江、大河、大山……

贡士、进士、庶吉士……

背景只是背景。背景不在现场。过往的事物，再逼真，数百年来，也没能惊动周氏祠堂的灯盏。

满月中的小镇，如满月中的耳郭，透亮。

小河在背后，扬起鱼儿打水的声音。

月亮和露水似乎在低语。

亮的、美的，都被它们湮灭了。湮灭路上有深爱——

骨骼撞击，朗朗的宣言。

窗里和窗外，还是昏暗的，看不见风。

想着，风一吹，风就过了山冈。

风再吹，莲花池，还是莲花池。

池中有睡莲：淹没的是世态之姿，浮现的是未知的走向。

旧州，名字

在一只碗里看到自己的期待无比顽固，也看到波光潋滟中你渐去渐远的身影。

时间与时间之间的距离，能致命。打开任何一本日历，看到的每一个日期，都是时光漂白的悲伤。

我从不怀疑燃烧之后的岁月，那裸露的河床，曾满满的，全是自由滋长的目光和爱。

因此，不要问我的姓名。每一阵风吹过，我的名字都将更换三次。

也不惦念你的名字。

你的名字，像云在天上飘，隐藏太多神往，又背负无数秘密。

凌云（五章）

沉默的茶叶

一片茶叶，不会因时代风云演变而停止它们翻云覆雨的速度。

大海的翻腾也一样。

它们背靠沉厚大地，自绿而黄，沉重又飘逸。然后穿洲过洋，去远方。

很多夜晚，和一片片茶叶又相遇——

不可言说的秘密，不再需要说出，甚至不需要明了。

甚至时间里的一切，都是沉默的。

雨落在所有的茶树上

时光如白马，从细碎、柔软的茶树上飞驰而过时，一场雨，落了下来。

雨落在叶子上的声音，像羊在吃草。

雨无欲无求地落到叶子上，落到茶树中，无所顾忌地进入苦涩。

雨一定以为茶树叶子听懂了它们撒欢的声音。

可能它们是懂的，然而，我不懂。

我是多年之后，才确信茶树生长的声音，就是白马低头嚼草的声音。

是那声音，把雨引上山坡，让所有青绿都慢慢心满意足。

谷雨，谷雨

一切都在沉默。

这沉默是飞鸟衔落的一枚枚种子，在泥土里发芽和生长，然后长成一棵棵茶树，在山坡上挺拔和茂盛，向阳一侧是相思，另一侧叫忧伤。

在一缕茶香中，相忘于江湖

有忍让，有溺爱，有信仰。幻想中无数哀歌复活，黑暗里青春泛滥无边。

生命拉紧黑暗的缰绳，缰绳洋溢明亮和温暖——

想起来遥远，但是清晰；动荡，但踏实；与自信无关，但有力量；没有安慰，但饱含荣耀。

一场灵魂的飞翔从天而降，一辈子，现在只剩下这短短一缕。

沧桑摇曳

最好是细雨敲窗的深夜，最好有一把坭兴壶，最好一个人，坐在灯下。

杯中的茶，比世人先行一步，勾画出虚空的实在和天涯咫尺间的距离。

一杯在手，不管清冽还是黯淡，都饱含沧桑。

而我们还没来得及感慨，水中的叶子，已若炷炷青烟，完成沉浮，各自入禅。

大瑶山，红果子落下

一个声音告诉我，要把青绿中暗藏着的八个红色果实，献给第一个听到我歌声的人。

这个声音还告诉我，让这个人用这八枚果子，组成一支队伍，去开拓疆土。

因为这个未来的声音，我要写一首诗，献给果实。

歌颂它们藏匿苦难背后的光辉岁月，枯黄丛中云卷云舒的恬适，迷失于青绿而不失清醒的独立。

我还要歌颂那个声音，漫天大雪一样，以最柔软的坚硬在背后推了我一把。

云梯，通天直上

山歌仍然新鲜，树木仍然和一千年前那样长出来。

石板路温润，梯田性情分明。

伴随稻谷黄过熟过千万回的人们，还住在山上。

龙脊上的水，也泊在原处，虚实着微雨之春。

每天清晨，云梯仍然从雾中升起，像通天直上，又像自天而降。

八角寨，山坳中

给予和得到，都不需要。四周只有野草、杂树，闷热和远方。

就那么一瞬。

当蜻蜓飞过你的背影，你感觉到内心疼痛时，人已像缺掌的木桨，突然被推到了阳光中。

十万[1]大山，山从北来，风往南走

树木明朗，繁花清高，金钱豹、林麝、雉鸡的呼叫从背后传来，不理睬人类。

在这山里，别试着想象自己人面桃花，也别告诉远方，你和金花茶、苏铁、桫椤、鱼尾葵站一起，站在无边阔叶林中。

对一座自己依靠着的大山，除了双手合十，我无法展开想象。

十万大山，东北往西南，一直护送春色，从我们头顶上方经过。和前来迎接的南来海风，一天天黝黑我们曾经白皙的额头。

---

① 十万大山的“十万”系南壮方言“适伐”的记音，“适伐大山”的意思是“顶天大山”。

漫天的红色会说话

枫树和草坪，沿着起伏的斜坡翻越，用香气交换内心的言语。

每一片叶子，都是一只行走的灯笼，它们噙着浓浓的欢乐，也提着薄薄的忧伤。

四面八方围过来的人，在这里拾取久别重逢的时光。他们沉醉、摇晃和转身，目送马群突然跑到半山腰。

有人凝视，有人恍惚，有人呢喃，有人高歌。

他们似乎要把落到地上的所有红叶重新装回到枝条上。

而一阵风吹过。围过来的人就都得返身走远了。

只有漫天的红色，继续腐烂进德保的泥土，并于次年，重新在枫树上长出来，再红一回。

炮龙，爆竹

挑战的闪耀和来自另一个世界的声音，似乎要把世间的角落都填埋、填满了。

仿佛消失的时光，迅速返回，几百年引而不发的怒气，一一引爆。

那么疯狂，疯狂啊——

疯狂得我们都看不清它们的生发和消逝。

西山又一日

在这里，独自度过一夜，打湿前额的，要么是雨水，要么是露水。

很难还有别的。

在这之外，一天又一天，淡化仇恨的是时间，消解恩情的也是时间。

很难还有别的。

西山，又过一日。

日子，和每天折返奔跑那样，没按预设进行。很多事情，仍旧无处安放。虽然它们扬起的灰尘，在掩埋往事，掩埋得像什么事也没发生。

程阳寨里有一扇起伏的旧窗

相信荒漠终会布满心灵，孤独将伴随终生，乌云不会撤出天空，暴力和邪恶是人类永恒的赞歌。

也相信，星汉灿烂，掌心有温暖，大地上的植物沉寂后会重新茂盛。

更相信我的世界和世间的悲欢，起落一致。

但是，我的世界不是大千世界。

我的世界，在这个夜晚，只是程阳寨里一扇合不拢的旧窗。

旧窗上的破玻璃，泛着起伏不定的光。

药香中的金秀

再远，也有尽头，正如最近，也通向无限。

金秀镇正是这样。

小小县城，首先显现出来的是一朵花的洁净，然后是种满花草的山石，之后才是瑶山、山歌和传奇。

它背后埋伏着的无数草药，会在寂静中隐约透出轻易就擦肩错过的丝丝清香。如秋夜朗月光辉中的星辰，既融于灿烂，又闪烁出独特的光芒。

遥想句町国

我曾怀抱一座荒城来到河边，在万物更替中，拆其城墙，掘其根基，将砖头，逐一填进无边黄昏。

当拨弄完泥土,清扫干净脚印后,我听到松涛阵阵,有风从背后推来。

几头老牛，正缓缓走过山坳。来路上那些云彩，仍一动不动，挂在空中。

我没有想到，云彩燃烧的痛，不但把来时的路烧得模糊不清，而且已经完成夜色大范围的蔓延。

山 中

空气中弥漫着的年迈气息，不能阻拦腐朽里源源不断泛出的年轻喜悦。蜷缩于树根边的虫子的迷恋，披满灰尘，仿佛轻轻一碰，就会掀起惊天激荡。

但是，山中，无论多激荡，也冲破不了天厚地重的马步。

整个下午，我就这样无所事事地躺在寂静里，让腐朽气息，一边把自己发酵成自己养胃的口粮，一边倾听灰暗和阴冷，倾听藤蔓背后大鸟扇动羽翼和怪兽哀鸣的声音。

声音里，有月落，有乌啼，有露水打湿茅草的应和。

似乎还有远古人们活动的回响——

他们在寒霜满天的大山里，兽皮遮体，追逐着一群和他们大小相似的动物，似是猎杀，更似在娱乐。

扬美古镇遇见一株虞美人

深绿和浅蓝，攀缘石壁，在僻静处传扬泥土的生气；在高高矮矮的树林和杂草丛中，撑起鲜红；世外隐蔽的秘密，似乎也在此开放——

一切所想，如愿而至！但愿——

它的生长，清晰些，更清晰些；离我们近些，更近些。

隆安客栈前的芭蕉树

无数不曾命名的植物，和它一起，植进春天。

而现在已经是盛夏了。它们终于在夏天，用翠绿，在透不过气的炎热中，向全世界陈述生长的尊严——

发芽、茂盛和迎接死亡。

当这些植物按照它们的自由在杂乱世间一一进行时，我的怒放也悄然来临。

我的怒放是南方村野的怒放，是房前屋后稗草、碎米草、鸭舌草、慈姑的怒放，是村后山坡上野海棠、木槿、杜鹃、爬山虎、鸡屎藤、含羞草、过江龙的怒放，是高的、矮的、壮的、瘦的农人和肥瘦不一的牛马的怒放。

夜幕降临，在隆安，我和一棵芭蕉树站在客栈前，我学着它的样子，站进黑土。

沉默的铜鼓是吃饭的盘

热闹的世间，长久不息的战火，群星映照下那亿万年澎湃不息的湍急江湖，大雨清洗后的银河，摇曳不定的恍惚……

“雀步蹙沙声促促，四尺角弓青石镞。黑幡三点铜鼓鸣，高作猿啼摇箭箙。”

号角悲壮，鼓点急促，星河摇动了，新人成旧鬼，天涯即咫尺。

……一只青蛙跳上那面铜鼓，蹲了一千年。

而民以食为天：先是铜釜煮出温饱，然后才是铜鼓敲出悲欢。

它们反复告诉我的，我承认顺理成章，但还是一无所知。虽然鼓声那么近，像夜来寒霜，打湿我的前胸后背。

第二辑

随

便一块石头
都是家

澄碧湖畔，琴声冲天直上

潜流至此，突然奔腾而出，如琴弦狂抖。

凌云县兰金岭水源洞，河水在此为云贵高原打开一扇门，在数百里之外，就迎向大海。

声如裂帛之后，奔腾的河水安静了，浑浊的湖水澄碧了，黄色的土地青绿了。

——风，屏住呼吸，生怕惊起层层涟漪。

多年之后，晚秋浓重，澄碧湖畔，树叶深红。

这南国偏西的地方，一轮明月自黑暗升起，照着伟岸男人般的崇山峻岭，照着温柔女人般的澄碧湖。

照着世间所有飘零和浩渺湖水中划过的一叶扁舟。

舟上，素衣布鞋的男人，双眼微闭，久久不语。

他仰望上苍。

苍穹如琴。

天湖观鹰

阴阳交汇的地方，它一会降落，一会上升。

和深夜熟睡的呼吸一样，掠过我们的世界。

那么平缓。

凝固的双翅，引而不发的云与水，瞬间消逝和兴起的事物……

开合有序的迷茫中的蓬勃。

更灰，更暗，更阔大。

不可言说的，还有堤坝上的蒿草、隐居深山的青苔和湖底的琥珀……选择这块土地，作为葬身之所，同时用以清洗前生的痕迹。

星岛湖，千岛湖

1

数不清缤纷撒落。千弯百曲中，一柄铁锹，插在堤岸上。

锈红的铁锹刺破湖面，直指苍穹，直指目光所能抵达的高处。

温柔与残暴，清澈与混浊，热烈与冷清，此岸与彼岸，最远与最近……

2

那么薄的水。

一叶扁舟在湖水中缓行，左边是人间的绿，右边是天上的蓝，白云之间是仙家。

它要划向哪里？

3

尘俗之上，白色的身影，每一次羽翼扇动，都是一次汹涌追寻；每一次掠过长天的啾啾，都是一次极致出行。长空如锦，溯源而上，它们，出入于生命初始。

绿色的湖水上，做一只鸟吧。

放下杂念，忘记烦恼，让身子更轻，翅膀更矫健，让飞还原为飞。

4

抛开自然、地理、历史……想象中的美，用妩媚征服自己，然后躬踞于蔚蓝，融化泥黄，聚成1026座绿岛。

这些水，有着怎样沉重、坚硬、隐忍的质地，才能以岛的方式存活下来，使自己的轮廓，渐次分明。

5

再厚的云层也掩饰不住阳光的照耀。大雨过后，阳光把颜色中关于黑暗和软弱的部分逐一剔开。

但是，还有冷，还有阴，还有远，还有太多来自四面八方的阻碍。还有遥远得一辈子也望不到边际此岸到彼岸的路程。

无论多远，只需一缕光芒，长空即明亮。

6

有些船安定下来，成为水的岸；有些船驶出去，成为岸的水。

那么，水里的鱼鹰又是什么？

它们在水边，彼此对望，是湖里普通的水鸟，也是彼此深情的鸳鸯，一辈子生活在这个叫星岛湖的地方。

延绵数里的静默之后

离世界渐远，离我更近。

驮娘江的流动，黑暗中带着浓浓的遗憾，朝阳里却睁开欢喜的眼睛。

夏日午后，漓江边，蜻蜓飞临

那些翅膀，停留在江水之上。

它们的美渐次开放。它们的美，在黄昏余晖中，不动声色，微微摇晃。

还来不及接受这浓重的美，夜色就以迅雷不及掩耳之势，覆盖下来了。

夜色慵懒、迷茫，但决绝。

我想象蜻蜓的飞翔，是夜色的脚步、卑微的身影、血脉的流向和呼喊。

是夜色青烟般的弥漫和消散，如终将消逝于时光中的容颜。

西江，一路向东，来到天生桥

如失散多年的活力，潜河般奔来。

它们绵长的力量和沉稳的气势，在这里转成为光亮。

光亮终究是要承受的负重。

我们还要承受，与西江水一路相依，自西部高原压将过来的直线条耸立的凛冽气息。

这看不见，与世间任何名字都没有牵连，却无处不在的执拗，以最初的形态，一路向东，赤裸裸地冲过炎热，冲向南海。

现在，它们来到这个叫天生桥的地方，只是被拦了一下，稍作停留。

蓝色之旅向南流，有洪波

漫天蓝，瞬间升起的缤纷。看，多像忧伤，多像快乐，多像站立——

大容山南侧出山，自北向南。然后，在北部湾畔，看见期待已久大海的飞翔和奔放。

而这里远远不仅仅只是大海。

在这里，还将看到无数人的凝视、恍惚、呢喃、高歌，以及沉寂和死亡。

上天安排每一个人，生活在每一个地方，在各自的生命历程中，奔波、劳累和收获；安排每一座山，每一条河，每一片海，以各自的形态呈现，展示神秘、丰富和风姿，都有缘由，而且恰逢其时。

南流江和北部湾交汇，就再次验证了清浅和深不可测互通，波澜不惊也可洪波涌起。

左江斜塔

河水需要这样的倾斜，以便在平淡中确定流向；世间需要这样的倾斜，以便验证矗立并非一定要笔直。

黑白反复中，气定神闲是有的——

天上来之大水，在这个拐弯处，不及斜塔飞檐上挂着的一串铜铃。

每一阵风吹过，哨声，都那么悠远。

聚散鸳鸯江

河岸是世界上最甜蜜，也是最残忍的存在。

河水的方向，永远是背叛的方向。

风中单薄的木门也一样，有时能听到“吱”的一声，有时一丝声音也听不到，但是原来用来遮掩的木门已开合数次了。如果不是风停，或有人将门关起来，木门一整夜都会在打开和闭合的循环中。

一刻不停的流水和风中开合的木门，它们会是什么样的一种心情?

——聚合，分离；不断聚合，不断分离。

而我一直期待的是这样一个消息：停下来。

只是，一切都消停下来的时候，水和风可能又会成为另一种可能，比如一把钥匙——打开秘密，或者成为更严密圈套的帮凶，锁定未知。

无数影子浮现邕江

我们有能力推开各种预谋，但绕不开影子的跟随。

我们可以迎对各种不测，但抵挡不住影子的冲击。

我们能埋葬无数往事，但影子总高于我们的锄头。

我们能伴随冬季顺利走向春天，但无法触摸一次影子的温度。

即使我们能装扮成野兽，绕过纷乱世事，影子也会把我们的模样铭刻在地上，甚至帮我们喊出野兽的吼声。

左江水，五颗石子

桌子上的五颗石子，井然有序，像一朵花的五瓣。

多年来，我喜欢把这些小东西，安排在一起。我自以为是地想象它们也在寻找这样的机会——

五个脚丫，一脚深，一脚浅，终于穿过恍惚，聚到了一起。

但是，左江水，很快带走了我摇晃的猜想。

取而代之的是江面上那些流动，动里的静，长短不一的闪烁，江边停留的人，以及去向不明的雷鸣。

入夜之后，沿着黔江往前走

话别夕阳，是我们的宿命。

短暂黄昏铺造成的黑夜之路上，茫茫宇宙中的星球，像洒落的眼泪，既澎湃，又寂寥；人间烟火弥漫，此处有风，彼处起雾；一个人的脑袋扛在另一个人的肩膀上，缓缓而行；灵魂和河流一样，古老。

它们有时千山万众，有时孤单只影；有时成熟，有时幼稚；有时青绿，有时枯黄。

在它们的注视中，我看到自己侧身进入黑暗，像一棵低矮的老树，嫩叶如发，忘情飘舞！

云上的日子（五章）

经　幡

第一眼看到的经幡，是前世留下那条。

沟壑之上，树林之上，蔚蓝之上，蓝、白、红、绿、黄，五色的经幡，鲜艳、分明，凝固一样。

经幡之上，苍鹰不知疲惫，一整天都绕着自己的圈子。直到夜色藏起芨芨草和格桑花，直到半夜，光芒飞过山梁，才把我生命的重量，护送到高处。

流　水

河边那些草，一部分枯黄了，另一部分刚刚返青。

河里的水，经年流浪，方得以汇聚于此。这是我始料未及，也是才明白的。

它们饱满，像喂奶的少妇，所过之处，滋润青绿，也滋润枯黄，还滋润灰白的石头以及其他颜色。

河心有沙洲，沙洲有芨芨草、沙棘、沙生槐、蔷薇……它们长在八月，等我来。

八月，我穿过遍布石子的平坡，来到河边。

河里，都是阳光的味道。

我拾起河边一颗石子，托在掌心，把高原温热的重量举过额头。

连绵起伏的山峰上，太阳西斜的倒影，一会儿亮，一会儿暗，刻画着无边蔚蓝。

石 子

醉酒之后，有幸躺在太阳暴晒下的石子中间，我是有福的。

我于是得以在河边继续保持晕眩，和形态各异的大小椭圆迅速集结，互相印证遗弃，并在白日梦中逐一抹去岁月留下的各种痕迹。

距 离

谁也拒绝不了一滴水流向大海，正如拒绝不了一粒沙子躺在沙滩。正如拒绝不了，站在海风中，手搭凉棚，什么也看不到，甚至听不到彼此心跳。

我们的眼睛，总是离大海太远。

褐 红

它们上升，我上升。

它们下降，我下降。

——庄严而不沉重，决绝而不苦涩。

宫殿中、街道边、墙面、屋顶、山上、水里，褐红飞舞。

那红，是神灵，是鬼魂，是流落的脚步，是挺胸昂头的身体，是辉煌死亡的雷声，是触摸异界的双手。

与一匹马相依

他和它，合二为一，如一柄利剑，腾空而起，江山万里，一掠而过。

逢乱世，马就是一把大刀的刀刃和刀柄，就是一把泥土和泥土上的一根草，就是无数繁华与繁华过后的荒凉，就是一声悲叹和废墟上的一片欢呼，就是失败后依然无可阻拦的自信的锋芒……

马就是兄弟。

与一匹马患难与共，大音希声，大象无形；与一匹马生死不离，玉碎不改其白，竹焚不毁其节；与一匹马相濡以沫，诚贯金石，义薄云天！

鹰流放了日子

草长莺飞，野旷天低。

一股萧萧之气，突如其来，茅草迎接大景象来临。

那枚黑影来自远天，匀速、平稳。

它有雪般的眼睛，云般的翅膀，妖魅般的速度，随意却孤独。

它硬朗的双翅，蕴藏着闪电的火花，圆睁的眼睛，有天神的威严。

它俯冲直下能擒住猎物，斜插直上能拥揽日月。

老鹰呵，除抵御外界的侵袭和捕获，你还在寻找什么？

苍云沉厚，风尘扑面。这个世界有太多无奈，翻动历史或未来，把身体的沉重扔还无着的尘嚣，需要的不仅仅是勇气。

所以，没有谁为你击鼓壮行。

你，旋起旋落的雄鹰，来自胸中的飞翔，只能如内心的泼墨，在无数被阳光流放的日子，张开翅膀，高过大山，并不因为什么！

随便一块石头都是家

只有朦胧的雾气，苍凉的荒野，呼啸的声音。

西行之旅，没有止境——

日夜被荒芜覆盖，时光在“得得”马蹄声中中止。

经过仅仅是经过，没经过的，一切也都了结了。

故无所谓天地，随便一块石头都是家。

用一块石头寄存流逝的脚步，用一块石头埋葬旅途上的青春，用一块石头压缩无穷思念。

然后，以一道月色普照连绵群山的方式，给想象安置温暖。

第三辑

海是山故乡

向南，触摸大海

海·听

1

此岸到彼岸，有时很遥远，远得一辈子也望不到边际。

彼岸到此岸，有时近在咫尺，瞬间，已然抵达。

大海，除用辽阔、壮丽、恐惧、神秘来形容，还能想出些什么别的词语？

蔚蓝的海拔，无边的从容，凹凸的不规则，无法回避的关注，不由自主的摇晃，漫天的寂静……

2

没有驿站。没有古道。没有人声鼎沸，甚至没有鸟的影子。

蜿蜒的船的痕迹，在身后迅速远去、消失。

没有记载功过的碑牌，没有盛装，没有是非的牢笼，没有人为的历史，甚至感情的叙述。

白茫茫的、蔚蓝的、灰的、红的、黑的，无法诉说的颜色，反复演变、滋生和消逝。

以物事的本质而不是升华呈现，用天底下最巨大的咸涩和苦难覆盖生命，同时为生命守灵：

这里是大海！

3

目光追随海鸥的飞翔，飘向更远。

那一抹抹灰白，简洁、快捷，光驰电闪，在海天之间，穿梭。

天阴了，它们飞翔；

天晴了，它们飞翔；

黑暗中，它们飞翔。

它们飞翔在我们无法抵达的世界。

4

惊涛来，惊涛去；

骇浪来，骇浪去。

大海翻腾，船儿动摇，鸟儿不见了。

——孤礁，没动。

5

太阳像一个道具。那么近，那么真切。天空蔚蓝或者灰暗，天上有云或者无云，无关紧要。

让耳朵享受一下：远远近近、轻轻重重的涛声，左耳进，右耳出，覆盖我们一天比一天浮躁的身心。

6

天上无数的云：黑、白、灰、蓝、橙……一片、一卷、一缕、一团、一串……有的一动不动，有的慢慢流淌，有的漫天飞舞。

现在这一抹，安稳地停留正前方，在大海高处，浅白，泛红。

这一抹瘦削的云，这一抹浓淡适宜的云，以自己的方式，若有若无，横斜着。

我和云，就这样，形散神不散地站在渐渐入冬的沙滩上，迎接快速来临的黑暗。

7

摇晃中的一道道光线，如芒刺，刺破雾霭；

也如涛声，昼夜不息。

在这光芒中，石头像一朵花开在脚下，人如莲，站在水中央。

夜幕降临之际，一盏桅灯，送我们返回明亮。

8

黄昏无意中暗下来后，云朵还像一群羔羊，在海天间流连忘返。

它们咩咩地叫着。稚嫩的声音，竟然有了惆怅。

我愿意和小羔羊一起，聆听波浪起伏，聆听星星次第亮起。

我愿意和漫天无措岁月，携手迷途。

海·岛

1

岛上的壁画，站在风中，看起来新鲜，其实陈旧。

壁画上凝固的树、鸥鸟、飞溅的浪花、斜飞的夕阳。

在白日里隐退、恍惚。黄昏时分，又像一群渔者，虔诚又世俗地，裸露，迎风。

它们，不战栗，不妖娆，不慌不忙，活在自己的影子里。

2

海水开始是平静的，后来就晃动了，银光闪耀，碧波万里。

春天在这个时候，突然加速，把我们带到火山岛上。

在大海深处，有涛声相伴就足够了。

何况，陪伴我们的，还有去年已经萌芽的树枝，无数用尖锐说话的仙人掌，褐色岩石上嫩绿的苔藓……

3

礁石教我们，一边散发潮湿，一边收拢安静。

仿佛一切都按兵不动，而世事和光阴并肩，早已有序行进。

真想回到最初的岸边，重新拭亮日子，重新走向大海，重新来这海湾，听涛。

——流逝的，永不重来。

就像头顶上的蓝，虽然穿透来世今生，每一寸光亮，却已截然不同。

4

大海，在惶惑与清醒中撞击，在消沉与激昂中进退。

那流动的声音，如一场战役，徐徐展开：离梦幻不远，离现实不近，与欢乐不分，与忧伤不离。

低沉和厚实的回响中，有孤独和悲凉，但是沉静的。

有时，飞鸟、人迹、游鱼……都销声匿迹了。

只有浪涛，仍然率性、踏实、厚重、绵长……

像一万匹野马，呼啸而过！

5

多年前我就听说，是无数珊瑚活体，以死亡的形式，在一百多年前，堆积成岛上这座尖顶的教堂。

直到今天，我才敢在这里，向天主忏悔：

主啊，请宽恕我沉睡的灵魂，已然醒来；

请宽恕我这世间的爱，比教堂的年代久远。

6

没有世俗的顾虑和干扰，只有浪花飞溅，涛声高远；只有笛声肃然，灯盏远行。

心和海风一样沉静，无边无际的海天间，大踏步穿越迷雾。

——只要蔚蓝和岩石，遥相呼应，我们就能在翻腾中，遗世独立。

这里是离天空最近的部分，提醒我们对天地保持深入和尖锐。

当整个世界浓缩成一串脚步，陪我们来到这里时，我们要见证我们对自己的敬意：

银光万顷，其中一缕，源自我们额头！

海·风

1

从港湾走向大海,又从大海返回,光彩为岁月蹉跎,为风浪锈蚀。

老船，终于回了老家。

海鸟有心，常来拜访。

鸟儿展翅振翼之间，是晨曦，是苍茫。

2

波涛如万千匹奔马，覆盖千里。

也如一团火，眉宇间燃烧。

他们和笔直的桅杆一样，分外简洁。

3

风旧，船也旧。船在风中滑行，仿佛后退。

它饱满、自信的后退，迟缓了世事行进的速度，让蔚蓝成为一桩盛事。

成为时间转换中，可以期待的生死相依。

4

大海里的游鱼、山川、沟壑、暗流、丑恶、光芒、黑暗……

如一朵花、一棵树、一阵风……甚至是天上的太阳、星辰组成的世界。

这些花，这些树，在海底世界成长、开花。

而云在海面上漂，风在背后走，太阳在天上挂着。

看起来不动声色，却又那么耀眼、沧桑、辽阔、壮丽、神秘。

5

烟波浩渺的大海，通过一扇窗，蓝布一样铺开：大大小小的浪花，海面上蹦出来的鱼虾，欢蹦乱舞。

人在这个时候，也是翻腾的，而且迷醉。

愿今世所有痛苦、忧伤、感动和爱情，只是一朵浪花，绽开，然后散落。

6

在星辰交相辉映，海风吹冷双肩的时候，谁会成为谁的不泯记忆？

彼岸终将在岁月流逝中成为此岸，水手必将老去，而歌谣依旧青春。

我告诫自己，生命的浪花，必将高高跃起。

只因为一滴海水的光泽，即使黑暗中残灯如豆，咸涩也是滋润；

只因为一声笛鸣的呼唤，相信出发就能抵达——

爱所有黑暗，正如爱所有明亮！

海·林

1

毗邻是汹涌澎湃，是礁石；头顶是阳光，是月亮；脚下是黄土，是烂泥。

它们是土坡上的马尾松、罗汉松、山松、龙眼、紫荆、小叶榕、垂叶榕和小叶榕；

是路边的九里香、夹竹桃、银合欢、美人蕉、夜来香、九层皮、黄槿、黄金叶、也门铁、刺槐和黄花槐；

是偏僻处的山毛豆、木豆、马棘、苕条、紫穗槐、多花木兰、火棘、车桑子、海芋和鸭脚；

是滩涂和大海里的红树林。

2

各种植物，在鸣叫中摇晃，在热闹中经风。

但是，我还是感觉到了这里的安静。

这里没有陆地上生物之间的截然对立，没有人与人之间火花四溅的争斗，没有装扮，没有欺骗。

这里偏僻、困苦，也协调、和谐。

这里是大自然古老、原始的脸。

3

淤泥中，咸涩里，海风中。

红树林，那些黑色的、灰色的、粗壮的、柔弱的、笔直的、弯曲的……

哪些是树干，哪些是树根？

它们盘根错节，扎根浮土，十年一寸地生长、拔节、开花、结果，于海天之间，不为人知地摇晃绿色。

4

飘摇。汹涌。躁动。

情不自禁的火红，骤然竖起的欲望，桀骜不驯的傲气，化成一声长啸：

哟——嗬——

这些树木，在陆地边缘，在海水中间，在黑暗与光明的临界，是一面面揭竿而起，历三生而不倒的苦难旗帜！

水上人家

他们的影子散发出坚硬的味道，但是他们神经柔软，目光惆怅。夜里轻微的声响，有时连他们自己也分不清，是大海还是自己的喘息。

台风、朝阳、晚霞、浪涛……

这些宏大的事物，一天伟大他们无数次。但他们只需要尘土。一丝尘土，几株稻草，三两声牛哞，一串小儿啼哭，日子里无处不在的寻常，是他们的遥不可及。而遥远给大地装上了一架滑轮，把他们押送到大海里去。

所谓辽阔、壮美，对他们而言，只是触手可及的死亡。

所以他们不说永久：瞬间即永久，即一去不复返，即所有的从未来临。

所以他们期待笛鸣：和风帆那样，会落下，更会升起。

这里，启航

让一场暴雨从天而降吧，洗干净每一滴水，淹没生活在白茫茫中的人。

司空见惯的水，和日子，混为一体。

这里没有野草，没有清新，没有树木，没有青翠，没有轻浮，没有平静。这里甚至没有上，没有下，没有白天和黑夜。

这里每一滴水都是一块石头，坚硬、密实、沉重。

踩着这些石头，他们和鸣笛、海图、罗经、救生衣、吵架、打闹、喝酒，相依为命。

别人说他们从事航海，他们说自己只是在开船，开着船绕过礁石、岛屿，进入一个又一个港口，然后离开，绝不回头。

海上生明月

月亮在我们中间升起。天上的光亮，搓目光成影子，磊落，又神秘。

中秋之夜，我没有听到月光瑟瑟的呻吟声，也没有听到桂花飒飒的碰撞声。

但听到一些来自海底的持续不断的声音，高低不一，长短各异，把握不住，似是而非。

这些声音中，似乎有无数暗物，快速蹿动。

四秒闪一闪的光

船行的速度慢下来后，水手长就坐到船艄甲板上了。

他是个哲人，常常盯着灯塔替代我们思考。

他知道，这个时候，没有什么比那四秒闪一闪的光，更及物了——

遥不可及，又近在咫尺；闪烁不定，但光芒万丈；萌芽生命，也窝藏死亡。

每台罗经都是一个强盗

船和人，在罗经的劫持下，很多时候要背对家的方向，南辕北辙地奔突。

当船靠近港口，只有罗经知道，残局才刚刚开始，而晨昏远未结束。

要相信手臂的晃动

习惯看天，看云，让一只鸟安然站在肩膀，一声不发。

还要整天闭目冥想。

你要相信，这不是我们喜欢的生活方式。

但你要相信，巫师关心的，都是我们关心的。巫师不关心的，我们也不会忽视。我们的目光，用来看天象，而不是人。

你要相信,一定有神仙或者鬼魂与我们朝夕相处。我们喝酒，他们也喝酒；我们发怒，他们也发怒；我们什么也不想,他们也什么也不想。但是当我们睡觉后，就管不了那么多了，他们爱做什么就做什么。

大海茫茫，人只是想象。

你还要相信，在这个既坚硬又柔软的世界里，不存在那么多意义、邪恶和英雄。

风平浪静时，对酒当歌，一切生机勃勃；风浪来临时，我们必须打开死亡的大门，向不可知的深处，使劲地晃动手臂。

嚎叫是有遗传的

狼嚎一样的声音，好像从海底冒出来，又似从云层背后垂下。

它们的来临，遗传般。

但它们的不可抵挡，又缺乏美感，消解了这一天，我对大海仅存的一丝眷恋。

只是，在海里，我只能相信它们，正如相信命运。是它们推着船，以每小时十节的速度在大风浪中行进。

表 白

一条不为人知的神秘通道，领我走向大海。

路上，有流云、飘荡的烟、白的浪、黑的沙、沙滩上一躺千年的贝壳、被折断而后被泡绿的海草、海浪掩埋了的白骨和冲散了的血汗，以及忽远忽近的故事、传说、欢笑、悲忧……

抬头望天的时候，它们在远处的光亮中摇晃；

低头沉思的时候，它们在背后发出呜呜的呼啸声。

所有的眺望都将陆续返回

眺望只能是感受，而非看见。

浩渺面前，所有飞扬的骄傲平静下来时，大海依然无限，而人心只能有岸。

人类对海洋的胡思乱想，大海从来不置可否。

目光最后会集中到蔚蓝。

那接近于无限透明的颜色，谁也绕不过去。它会让平静逐渐升温，以致燃烧起来。

所有欲望，化为乌有。

一串串脚印,从站立的地方向海滩延伸,深浅不一,整齐又拘谨。

海浪“哗啦”一声，就把人类踩出的那些凹凸抹平了。

也看到一叶浮萍在海里飘摇，那是一只小舢板或者一艘大船。

它们渐远或者渐近，都是满腔热忱奔赴，然后疲惫不堪返回。

即使锈黄，仍然下沉

这支手臂般粗壮的铁锚，消瘦了。

一名水手，面对铁锚散发出的锈黄，想痛哭一场，但不敢。

即使深陷摇晃，人也得如铁锚，下沉。

空白即全部

海是天，海是地，海是他们的全部。

除了极少数人（比如哥伦布、郑和，还有谁呢？）在海里青史留名，绝大部分，都消失于茫茫海天——甚至不如一片贝壳。

谁能给他们的苦难、梦想和守望定义？

谁又能评判他们执着、眷恋和生死的分量？

千百年来，他们是离人世最远的隐士，是一生流放的犯人，是泥沙俱下的记忆中沉郁而不放弃的形象。

——这些，跟他们有关系？

那些把无边蔚蓝放飞上天的人，他们一出发就已经完成使命，留给我们的，是无从设想的长久空白。

空白，是大海的全部，他们的全部。

南沥听涛

侧耳良久，也无法掂量涛声的重量。
如果涛声是幸福，请遮天蔽日覆盖过来，可以死；
如果涛声是痛苦，则如明月站在涛声上方，可以生。
也可以就这样默默对视，互相之间澎湃着未知。

第四辑

遇见松鼠的下午

百色石斧，颠覆着美

抛开地理、距离、人为的想象……直接从 80 万年前开始，颠覆美。

黄沙中，风把坚硬的历史吹开，递给世界一把石斧。

石斧，有着怎样隐忍、决绝的品质，才能在这个金属时代，把尖锐转向自己，让生命的真相在红土地上响起绵长回声。

湘山寺，遥想石涛

诵经声不息，诵经声向上。

暮鼓晨钟，小小年纪的他，双手合十。他或许已把一辈子的光都汇聚回掌心了，之后的笔墨春秋，只是指缝间漏泄出来的些许光亮。

合龙桥下，虫鸣唤我以温顺的呼吸

没有人知道我在这桥下站着，身披黑暗，和远处亮堂的鼓楼一起，慢慢收藏哀愁。

一轮明月，时隐时现。那云中的来客，是世间的影子。

而群山逐渐醒来。

为纪念生活的破绽，我爱这陌生的三江，爱岩寨村，爱合龙桥，爱程阳桥。

爱走过桥的所有生灵。

江水蜿蜒，黑暗在我身后，我也爱它们。

爱黑暗中的流动和黑暗中的凝固。

更爱你。

就这样爱着异乡的木楼、腊肉、泥路和石板，水流和寂静。

我一次又一次念叨要去喝油茶，但夜雨后，寨子里的木门已关闭，只有虫鸣，唤我以温顺的呼吸。

那山·那坡

人是草，牛是草，草也是草。

向阳的草和背光的草，一样青绿，在斜坡上，待着，静止一样。

奇怪的是，远处那些山和树林，在阳光中，一会儿模糊，一会儿清晰，一会儿动，一会儿静，匆匆忙忙的，像一群疾行的人。

而竹笛声是没有的。

也不见放牧的小孩。

这山坡上，有花开，有枯萎，能看见些什么。

但那都是山坡上的事，是草界的事。

人只是从它们身边经过，也可能连经过都算不上。

并不是人不如一根草，而是人走不近一根草。

黄昏，勾漏洞遇隐士

洞中走出来的他，脸含浅笑，似乎有喜悦，要告诉我们。

洞口仍然灰着，绿着，暗淡着，苍茫着，如微醉的明月，有千年之约。

而葛洪炼的丹，一直躺在洞口边草丛间的碎石里。

千年的丹，用沉默，保持着东晋刚出土炉时的新鲜。

德保山村看占卜

他们终于成了一群悠闲的老头，和百无聊赖的石头一起，享受世间最后的寂静。

真静啊！

风从稻田那边吹来，吹到他们坐着的榕树上，像打雷。

风在榕树的枝叶间钻来钻去，一直没有到达他们前胸。

这样的情形是自然而然的。

谁又知道他们与野地里的风是什么关系？

——再熟悉的口音也不能传达经历、生命和死亡——不远处是坟场，先走的兄弟们都聚集在那里了——他们也将睡回前世。

占卜告诉我的只有这么多。

我想，占卜还给了我另一个告诫：

除了耐心，没有任何东西可以帮我们渡过时间之河。

通灵的阳光

日常生活和远处愿望的距离，破裂了世界，又愈合着伤口。

期间的明和暗，悲伤和欢乐，谁能一一描述?

突然的凹陷和走向不明的暗河却坦然相告：

哪怕最深处，也有彩虹点点。

背过身去，擦拭眼泪那瞬间，时光的花瓣，会开满我们双肩。

岭垌古窑的笑声

99 条窑是 99 条龙，绕着北流岭垌圩盘旋。

圩头岭、龙山寺岭、埠头岭、坟地岭、大和佛冲……经风经雨的山坡，现在，长满青草。

芒草丛中，星星点点残瓷碎片，冷冷的，闪着前世的光。

但我还是喜欢那些瓷器敲击出的清脆、嘹亮、辽阔的声音。

它们壮丽的旋律，在天边，从不沉寂——

黑暗夹着枯黄，忽隐忽现，像笑容一样诡异又让人神往。

《汉书》上的乾江

渐渐沉寂的街道，现在只剩下几盏灯。
昏黄是必要的，就像古井，泡浸浮世。
石板路上，每走一步，都能听到心跳——
经年推远的往事，总是不请自来。

吹笛的人

——致苏东坡

只闻笛声，不见吹笛的人。

笛子的声音，在风中微微颤动。

笛子护送一队梅花，穿过树梢，经过屋檐，掠过黄鹤楼下极目远眺的李白的脸，向远处的长江落去，向长沙飘去，向长安飞去……

夕阳西下，四野茫茫。

每一朵梅花，都既眷恋，又愤懑。

她们列队而行，却又各自独立。

东坡亭的灯光

他走了，把不属于他的园子，以他的名义，留在钦廉大地。

近千年来，园子里的事物，因此承受过多少赞叹、责问和好奇，估计只有内心有诗的人，才知道。

后世诗人，来到东坡亭，他们一定和我一样，看到暗红飞檐，会沉默不语；看到亭后的石径，池边的翠竹，一定知道要在此处找寻什么。

现在，我就站在它们中间。

黄昏中的东坡亭和亭子周围的树林已经开始模糊，甚至潺潺流动的水，声音都消失了。

……只有一盏灯，在头顶悄然亮了起来。

夜幕中那丝丝缕缕的奶黄，有惆怅，也有暖意。

京广线，夜行客车

猝然而至的树林，在车窗外，纷纷扑倒。

多次经过的那片清澈湖泊，亮一下，也消失了……

然后是一座座山隘。

进入夜色后，我格外怀念黑暗。

怀念黑暗里的声音，从四面八方围过来。

怀念铁轨有规律的震动和计划外的战栗。

怀念京广线上所有简化的光芒，在空空荡荡的黑色中，摇晃，然后莫名其妙地熄灭。

遇见松鼠的下午

深秋午后，温润远去，太阳站在大树上，给一只小松鼠搭桥。

一个人，南方绿荫中，眺望。他越望越远，直到长久专注于茫茫某处。他知道，四季里一些大事件已经开始发散、淡去。

而苍凉中的一点轻浮、一点凝重、一点渴望、一点不舍，还有红花，坡上的颜色……枯死的娇艳，仍然抒情。

它们妖娆而默默，好像初遇。

去参观合浦汉墓，途中看见

云朵不会因我在路边停留，而降低它们变化的速度。

山林也是。

它们黑白相间，厚薄不一，让人混迹于远方。

后来，碰见每一块秦砖，都心有柔软；遇上的每一片汉瓦，都隐藏一城风雨。而俯瞰是不可言说的秘密，通往历史的泥道，从来都是沉默的。

巴马，酒后

在两座山中间喝酒，左边那座飞起红云，右边那座涌出山泉。

这时，别问桌子下面长着的龙舌兰有几个含义。

意义在碗里，晃动我们急促的端息。

你明白的，夕阳没落之前，只能做一名江洋大盗。

……太阳出不出来都没关系。

现在我们要做的，是必须在夏雨来临之前，继续挑灯喝酒，连夜做梦。

然后，趁醉，收割山两边斜坡上的万千青绿。

赐福湖边的早餐

先是几声奶牛的叫声把我们叫醒，然后是东边的满天彩霞和西边的一道彩虹，领我们到矮桌前，蹲下来吃早餐。

门外是小雨，接着是大雨。

自天而降的白茫茫，陪我们和满地五谷杂粮，像完成一次宗教仪式。

即　景

日薄西山。酒散。鸟归巢。
通天的道路就此打结。

两个人缓行于原野。他们的背影，是两棵树。
转眼间，就不见了。

茫茫天地间，唯群山伫立，不喧哗。

桂西北，会诸神

夜色在初秋风中，慢慢硬了起来。

赶在季节还未将冰霜印上窗玻璃前，把空气、雨、灯光、花朵，都暂且寄存别处。

或者，全都忘记吧。

包括那些经久不散的味道。

可能还有别的。比如神、人类和命运。

或者，一块石头。

车过桂林

那年冬天，列车往北。车过桂林时，听说一场大雪淹没黄河，很多人回不到家乡。

现在是夏日，从湘西返回。又过桂林。

桂林的电线杆，一会儿出现，一会儿消失，像一些名字。

西斜的太阳从左边车窗横着照过来，把我拉进右边的车窗玻璃里。玻璃窗里的脑袋有些陌生，不该白的头发，全白了。脑袋看起来是别人的。眼袋也是，装满年迈的沧桑。

这和经过的城市多么相似，一分熟悉中，包含着九分陌生。

穿过迷路

一千年后，珠城白龙打开了所有通道。别克车和牛车互相占着对方的道路。很多人住进钢筋水泥，养花，种草。也有老人进出破败红泥砖屋，吃饭，发呆。

明朝的城砖仍然夹在古榕中，红黄难定。

逃不脱被禁锢命运的，还有街道不远处的珠贝遗迹、滩涂、海、传说中的珠池，和阳光下不再新鲜的人间。

北仑河的冬至

说来就来了，冬至。

今年冬至，一个人站在界河边，往西望去。河对岸，近乎空白。

我于是有些无辜，转过身，回望。

背后不远处是一幢陈旧的房子。三间房并排，六扇门对立。门板上站着秦叔宝、尉迟恭，站着张翼德、关云长。还种有桃花、松树，养有仙鹤、金蟾。

他们从去年到现在，一如既往，喜气洋洋，好像要把我带到明年去。

声音在这个时候从河对岸传过来，是钢琴的声音，急躁，且持续。对岸好像在办事，事似不小，悲喜难分。

即使两岸都轰轰烈烈，太阳还是潜进北仑河里去了，只留下不明所以的粼粼波光。

钓鱼岭上看到雨在远方

盲目的单纯和天然的黑白，塌陷的诅咒和衰老的命运……大风来临，蛮石突起。

我于是相信，获赠已甚于付出。

如果此时，正好有旅者归来，我们一定会看到，云在近处，雨在远方，他脚步后当有一条鞭痕，沿路抽来。

而钓鱼岭上，人仍然如一棵墓草，站在高处，看深渊日渐平复，小河绕过后村……沧海桑田，无非些许微调。

广场上飞起一群鸽子

飞吧，飞吧，亡命一样飞！

死板的墙壁上，禁锢的空间里，你是一支箭，一道光。

你是一块穿透时光的石头，空气中呼啸而过。

请不要低头，人世间离你太近，一低头，就返回人世间了。

也不要抬头，天堂离你不远，一抬头就上了天堂。

更不必张望，悲苦和快乐，根源不在此。

飞吧，飞吧，你的翅膀开始轻盈，你的肉体正在复活，你的灵魂已然出窍。

无论你飞向哪里，哪里都是你的家。

飞吧，在飞翔中拆分、撕碎；

飞吧，在飞翔中激活、整合；

飞吧，飞向广阔和安宁，也飞回偏执和狭隘，飞越生命的全部世俗审美。

飞吧，飞吧，相濡以沫，不如相忘于江湖。

北流沿江北路小记

路灯下，一队摇晃的人，鱼贯穿过大街。他们整齐划一的脚步声，在这个县城的深夜，如火车经过。

面对这惊天动地的举动，一只飞虫，在拐角的窗台上，蹲成迎接状。

它心平气和地扇动双翼，同时低低地叫。

那喑哑叫声，像是从地球另一边传来的光，正源源不断往鱼贯的队伍运送黑暗。

容县，一种味道

我相信柚的香味，穿透梦境，在岁月中越传越远；相信孤舟里的寒意，是旧梦扇动羽翼，沿暗河潜来；相信别后的日子载满月色，惆怅又温暖。

在这味道中，面对往事，再回望一眼，水边的石头会迸出泪花，经年的绿树会瞬间变黄，潜伏在灵魂深处的思念将苏醒。往事里的一些话，会像冰雹击打，而另一些话，仍然火一样烘暖心神。

满身的尘埃，沉重的哀怨，深情的凝视，倔强的思念……

一切都在沉默之中！

沉默像飞鸟衔来的一粒种子，在泥土里发芽，然后长成山坡上的大树，挺拔、茂盛。

那自天而降的种子，最初叫相思，后来成为忧伤。

临桂秋夜

桂树上的花朵悄然落地；微醉的藤蔓和近处的野菊相互呼应；小兽的声音，细微而尖利……

光阴泛白双鬓，而夜还在保守这个已公之于世的秘密。

雨水降临，掩盖流动；
悲伤升起，收藏漆黑；
暗雷滚来，击伤大地；
大地无语，承受沉默。
——此时，天上明灭的灯光，已被飞翔的灵魂
掠过。

云水谣

当高耸的夜空浮出微亮，晨曦从野草丛中升起，路边的石头就会说话了。

好了，一生那么长，现在，只需记取春秋。

别的日子，都已签字画押，卖给了前生。

唉，季节还是一刻不停地更迭。别动，举起手来吧——

向往事投降，向时光投降，向自己投降。

包括天地。

过合浦惠爱桥

横跨南北，如经纬编织世界。

它来自森林，当和我一样，爱雨露，爱花草，现在也爱着喧哗市井。

它的爱，在廉州古城这个菜市场边，即使比人更容易静默和孤独，我也同意。

这一天的午后，它代表了我的全部。

大士阁

出乎意料的宽敞、明亮，而且几乎不受外来损伤。

可能只因为横梁、砖瓦、地板、走廊们，甘于偏隅海边，听天由命地经风历雨而且远离人世喧嚣。

怪石滩上留齿痕

这空气留下的齿痕，将会成为别在我们胯间摘除不去的腰牌——

最初的伤痕，是永久的胎记。

石头的伤口，一直敞开。

石头之上擦肩而过的注视,日渐收拢,却再会无期。

杨梅岭上寻南珠

时空转换，遥远又贴近的温情，越两千年，仍圆，仍润。

一颗南珠，举过头顶，阳光中的七色，呈现出更多的饥饿、杀戮、苍凉。

当然，也更美。

北部湾广场

当泪水充盈的时候，我知道，一定会有一艘船从天而降，运走所有喧哗。

我相信,船开走后,一定会有一个人站在广场中央，替代我，低下头来。

残荷插上青秀山

一朵仍然清晰，另一朵已被虚化。水面上的枯萎气息，继续弥漫。

入冬之后，它们站在淤泥里，一动不动。

不仅它们，还有我，以及我们遥望的命运。

路过田东

往事转到身后，像看客……仍然残留在风吹草低的路上。

路边的石头，低头讲述遥远，又仰头表达亲近。

如果闭上眼睛，双手合十，晚年的愿望，会不会一下子得以清澈？

雁山园一把铜锁

惦记一根柳枝，一缕悄然而过的风，在苍黄或蔚蓝时节度过的一生。

更惦记四月酒里漫漶眼神中孤独的形象，在向阳的地方，流动的火焰里，转身来到七夕，去到一把铜锁前，去到铜锁深处——

穿越时光，如破碎丝绸。

一把铜锁的隐秘，在我离开雁山园后，反复呈现，一次又一次，像幼小的花苞，挂在清凉高处。

它们年复一年将身体打开又闭上，年复一年成为风景和遗址，年复一年宣告萌生，昭示死亡。

唉，它们年复一年，为懂和不懂、爱和不爱、生死不渝和始乱终弃的人，讲述远方。

什么水面打跟斗

生命低处云烟般升起的绚烂，滴泪成霜，成石头。

其间的狂欢、愉悦、追悔、无奈、流逝，如此接近，又如此遥远。

命运转折化解肉身的烦恼后，肉身就成为路边、山野随便的一个凸起。每个凸起都是一座纪念碑，张合成化蝶的坟茔，也映照熙熙攘攘的世间。

命运也是董永、七仙女、刘海，你和我的影子。

是一场场卑微的、宏大的瞬间生成，承纳千年万载年年相似的爱。

是一棵菩提树。

——心如明镜台，勿使惹尘埃。

相遇九曲巷

骑一辆旧单车，进入老街。拐进去，就进入了世界的更深处了。

陪你的，是一块块前世的砖头。

它们不说话，你也一样。

阳光绕着弯降落，印在红的、圆的、斑驳的窗台上。

阳光浇淋出的花纹，像波浪。一层一层的波浪，把世事推远又拉近，让你听到风声、雨声和人的脚步声。

你会和一些人相遇，老的和年轻的。他们一直生活在这里。

老街上的砖柱和瓦片，也是。

你看得见它们相濡以沫，但不知道它们为什么相依。

一片树叶飘过四川南路

为什么生长？有过成熟？为什么落下？

它终将会被阳光暴晒，被雨水冲淋，被风吹到墙角，腐烂或被清扫。

它终将和碎玻璃、破纸片、牙膏壳及其他杂物一起被送到垃圾处理场——

履行一片树叶对命运的承诺。

红豆生南国

一颗红豆，站在七夕，站在大街的苦乐中，站在码头没有目的的往返穿梭里，站在能忍住不说或者忍不住说的，能断了念想或者断不了念想的相思深处，宽慰纠结不休的痛苦与甜。

这凝结成一滴的内省的红色，没有沉重的包袱可以承受，没有连接的影子可以跟随，没有陈年的忧伤可以怀想。一股微凉起自掌心——

前世安详的暖，经年回旋。

怀揣一颗红豆，就是给自己埋下药引子。

药香升起时，命运已远在天涯。

丁酉年初夏，银滩，致

1

我们一直在各自的世界，上演疯狂，也收留慈爱，缩减怯懦，也珍藏憔悴。

只有银滩那头石狮子，仍在守候我们的青葱岁月。

它的孤独，日益苍老。

2

大海的深意，我们从未明了。波涛又执意要把我们的目光送到远方。

它显然不能如愿以偿。

这与一场人生，多么相似！

后来，我们的声音，在空旷中渐次消散，直到白云苍狗。

3

当世界终于油滑得像个没有原则的老头，银滩步道上的路灯，便不得不低头了。

它们一会蓝，一会红，有一阵还什么颜色也没有。

它们必将照见我们如雪须发，脸上的似壑皱褶，听到我们返老还童的咯咯笑声。

4

好了，现在，我们更加习惯时间变得无关紧要，习惯悲伤久久不去。

对沉默，还是多年前那句——

风是酿制时光的必要淬火。

附录

大海让一切复归于虚无

__黄恩鹏

这里是大海

庞　白

没有驿站。没有古道。没有人声鼎沸，甚至没有鸟的影子。

蜿蜒的船的痕迹，在身后迅速远去、消失。

没有记载功过的碑牌。没有盛装、是非的牢笼。没有人为的历史，甚至感情的叙述。

白茫茫的、蔚蓝的、灰的、红的、黑的，无法诉说的颜色，在演变、滋生或消逝。

以物事的本质而不是升华呈现，用天底下最巨大的咸涩和苦难覆盖生命，同时为生命守灵：

这里是大海！

庞白的散文诗以精短见长，其肃然的语境支撑强有力的诗性：平静中见奇崛，淡然中见峭拔。《这里是大海》即是凸显此种诗性的作品。

“没有驿站。没有古道。没有人声鼎沸，甚至没有鸟的影子。”起句以连续肯定的“没有”，来强调大海的原始感和苍凉感，让人看到犹似另外的生命时空中的“大苍茫”的存在。这个存在，又是一个能涵容大天地的载体。这个载体，还可以容得下歧嶒的历史时空，直接进入人本的体验，而非泛泛描摹大海。诗人以诸多的肯定句式，将一个没有过去、现在和未来的，具有时间的广延性的大海牵曳而出。“驿站”和“古道”这两个词，又都是“过去时”的诗歌元素，用在这里喻示古老或比古老更幽邃的所在，凸显了时间的神秘和生命的肃然。“人声”是指世俗的声音，是世俗时光的连接体系。大海远离了人寰，没有“人声”的世界，那定然就是原初的世界了，也是纯净得可以与亘古喻象相接通的世界。

故此，我们可以这样理解：

没有历史——“驿站”“古道”，没有现实——“人声鼎沸”，没有过去——“鸟的影子”。而大海，先是在这诸多的“没有”中，呈现它的时光之极！“鸟的影子”有“不确定性”的指向。鸟其实是应该有的，但在这里，诗人却故意让鸟儿“飞绝”，造境一种柳宗元式的“千山鸟飞绝，万径人踪灭”生命之荒凉感和天地孤绝者的形象。“鸟的影子”是动态，恍若镜子里一闪即逝的事物，真实与虚幻、无与有，都在大海面前，失去它存在的意义。

诗人生怕不能说明，接下来又更进一步阐述、说明和呈现理由。“蜿蜒的船的痕迹”是一种百转千回的历史行进过程，或一种艰险的行进的姿态。无论多少痕迹多少次攀附大海浪涛，在这个能吞噬一切的大海上，只有“迅速远去、消失”，决不会留下任何可循可考可揆测的脉迹。故此，在前面的几个“没有”后，他又再次重现这样的肯定：

没有人类可以在这个似乎是时间的大渊里予以寄托和受制的桎梏——“盛装”“是非的牢笼”；没有

钳制人本精神与物质的沉重锁链——“人为的历史”；没有人本所须臾离不开的依托——“感情的叙述”等。从而更加夯实了内心所具有的否定之否定理由，让大海更突显其内在的巨大神秘性，从而成为渊薮不可接近！如此“没有”，更遑论再有别的什么了。大海，无边无际，超越了本体的大地，超越了人本的诉求，让其复归于无、复归于原始、复归于道家哲学之境的虚无。

那么，果真什么都没有吗？在一连串的“没有”之后，我们看到的，还是“有”的，那是一大片“白茫茫的、蔚蓝的、灰的、红的、黑的，无法诉说的颜色，在演变、滋生或消逝。”如同马蒂斯从绘画的色彩中发现对情感的影响元素，这种色彩代表了天地万象映象的集成。它是本质的，又是聚集的能量。这个能量，像是有力的钟声，在海面上交叠、驰骋、泛滥，从而冲撞着生命的审美。一种时间的色彩所能变幻的声部，以无数次的分解、重复，造成了一个回荡不已的灵魂的旋律。如此，诗人开始便以颜色来求得大海的“有”！大海，必须“有”它所要有的存在！那么，这个存在，到底是什么？那人是所有！无法以语言来描述，也无法以意义来充填，就以杂陈的天地幻变来充填。这颜色，是天光，也是云影，是生命气象与心灵气象交会产生的色彩。大海，真是能盛装一切的载体。表面上什么都没有，实际上又是什么都有。大海，是一切生命诞育的母体，但它又能让一切颜色在它不歇的涌荡中变幻意义或者失去意义——“在演变、滋生或消逝。”诗人以物化审美的力量，熔精神诗性于一炉，铸炼哲学之本的喻义，以及对于原型的意义群的超越，同时将本体意义消弭在“无”的状态，从而取得无解之解。

然而，诗人并不是要让读者始终陷入这样的体悟中，诗人还要道出这种感悟最本质的内核，也是对“大海”这天地间最壮观最不可思议的巨大物象的总体辨析：

以物事的本质而不是升华呈现，用天底下最巨大的咸涩和苦难覆盖生命，同时为生命守灵：这里是大海！

此句作为收束之语，当然有它的必要。在庞白贴这章作品于博客时，曾有一位散文诗人建议将此句删除。在我看来，这位散文诗人绝对不懂得何为“造境”之后的文本思想提纯。一章散文诗作品，其文本最需要的，就是支撑其内的“思想骨头”。如果没有了这个“思想骨头”，那么整个作品的肉体，就成了无脊椎动物。“天底下最巨大的咸涩和苦难”是一种大的时空感和宇宙意识。有如上天之月，有如贯天之长风。“覆盖生命，同时为生命守灵”的诞生与死亡之辨，又是多么的强劲！它是最能体现诗人不凡思想的一句。如果没有此句，那么，作为整章的前置的那些喻义设定，将是无效的，甚至是死亡的思想。也就会从根本上丢弃了思想本体的最闪光的所在。这章作品，也会陷失，成为平庸之作。

“这里是大海！”以“思理”的综述结束，让肯定更加肯定。此章是以大海为物象，解读生命的真实与虚幻，如此不需要人为去定义、拔高它的形象，但却是天底下什么也无法比拟的——有着“巨大的咸涩和苦难覆盖生命，同时为生命守灵”的大海，才是最具大生命情怀本质的大海！诗人面对的，是“这里是”而非“那里是”。有如曹孟德东临碣石一样的感叹的波澜壮阔、“星汉灿烂，若出其里”无所不能容纳的阔大无比的大海！

此章虽短，小叩辄发大鸣！其凝练的诗句似纡实直，似易实难，如同大海绵绵无尽的内力，推涌着“巨大的咸涩和苦难”，吞没掉历史、现在与未来，吞没掉一切的一切。是一章难得的精短佳作。庞白有许多写大海的散文、诗歌。写大海的散文诗，也是多多：《形容大海》《海上日出》《遥想远海》《关于海》《虚拟一片海》《那些波浪是奔腾的野马》《在这里，看见大海》《听涛》等，这些有着大海灵性之作，是他长期在大海边观想的结晶。大海，让他找到了创作的源头。但独树一帜，将大海的内涵写得与众不同，则是他努力的方向。

再次相遇那条河流

庞　白

可以肯定那条河流的走向、方位和即将断流的光阴。

那沿着河畔生长的树木、杂草以及在河流上方飞翔的蜻蜓和蝴蝶，那河流中潜游的鱼类和更微小的浮游生物,可以肯定它们比河流本身更快,都将逐一消失。

鱼类、鸟类、河流的死亡,会依次与我的死亡相逢。我们会在这个春暖花开的时节，各自低头掩埋十万心事，然后见证彼此日渐散失。我们将在自然而然的放松状态中互相埋葬，同时成为对方的殡葬品。

“河流”在这里是一个有着强大承载力的生命主体。这个生命主体，与人一样，与时间段相等，即是一个由盛向衰的生命流动阶段。因此，河流的“走向”，最终定然是“断流”的宿命。这个判断，是时间性的，是用“光阴”来度量长度的主观判断。因此诗人一开始就设置了河流的存在与消失的“宿命”。这个宿命的联系，非主观臆想，而是自然规律的印证。那么，与这条河流相联系的自然生灵——“树木”“杂草”“蜻蜓”“蝴蝶”以及“鱼类”“更微小的浮游生物”等，又会有怎样不同？诗人并没有将这些当作客体看，而是与河流一样，与人一样，都是主体物。诗人作为人，只是附诸判断而已。

那么，这些个体的植物和生物在世上存活，注定要比河流的时间段短暂，相对之，河流要比这些植物和生物“活”得长久一些。这是生命本体对生命本体的照映。死亡意识并不只限于人类，自然万象也会有意识。生灵存亡，与作为人类的“我”其实相同。“我”与自然，在死亡这个时间终点上是能相互见证的。因此，“鱼类、鸟类、河流的死亡，会依次与我的死亡相逢。”时间和空间在这时出现了奇妙的调换。此时，时间并非对我们穷尽苛刻，而是仍会给我们一个个“春暖花开”的时节，但我们却仍要“各自低头掩埋十万心事”——似乎时间的速度，会带走一个人整个一生的经历。“十万心事”是生命的全部过程的标识，这个标识别人无法见证，只有自己的内心能够。生命的终结，又会在哪里掩埋呢？那定然是自己的内心！内心是一个人精神灵魂的最理想的“墓地”。人的躯壳，只不过是盛装自己的墓穴而已。在生命的全部行程里，“我”与存活世上的鱼类、鸟类以及河流，都会相继离开。没有什么高贵与卑微之分，也没有什么主客之别，最后都是在一种“自然而然的放松状态中”为各自的坠落见证。

庞白的这章散文诗短小精练，抒写生命时间奇异性的存在。他相信生存本体所拥有的孤独与失去的孤独是有着很大关联的。生存与死亡，在生物链大小体系中，不存在相对与绝对。“殡葬品”也相同。从而思辨了“自然与人”的关系，相当程度上本质一致。主客观世界本不应存在高贵与卑微之别。在时间这个强大的河流面前，我们都是其中的附属品。稍纵即逝，无可保留。没有什么能够改变这些自然存在的客观规律。我们存在，我们不存在，都是自然生态的，不是异常，要不得什么大惊小怪。自然界的生息与人类的消亡，本质的映象是精神性的。“相逢”一词是诗人有意设置的。“拟人化”的效果，替代了所有思辨。“我”与花与鱼与鸟与河流是共生共荣的。“我”与河流再次相遇，其实只是一种人生与自然的方程式的题解。

（摘自高校科研基金研究课题《发现文本——散文诗艺术审美》，编号11XY002-05，蓝天出版社2014年10月出版。黄恩鹏，中国作家协会会员，现居北京。）

读《弥漫》

__耿林莽

弥　漫

庞　白

我相信云朵的任何变化，哪怕瞬间即逝，都是率性而为。比如现在看到这朵云，在天上的生起和消散。

我相信它们的天空已经没有恐惧，而且无比宽容，云朵才会如此坦然，起伏和往返。

起伏和往返的，还有它们交错而过留下的寂静，一直在大地上方漂泊和弥漫，既无处安放，又悬而不决。

庞白的散文诗写得十分轻松，恬淡，仿佛漫不经心，却又异常精练。他十分熟练地掌握着诗的表现技巧，从不说多余的话，节制力极强，形成了一种别致的风格。

这一章《弥漫》是写天上的云的，云的升起或幻灭，既“瞬间即逝”，又“率性而为”，他所捕捉的，正是云的这一种“精神”。其实，他的诗风似也与之有某种神似。他观察事物很敏锐，又很细致，常能见人所未见，捕捉到常人忽视的一些细枝末节，从中发现“诗”。这章散文诗似乎对于云的这种“率性”颇多寄意，隐隐有一种羡慕的情谊在，而由此推断“天空”已无恐惧，且无比宽容，和“云朵才会如此坦然，起伏和往返”。像是漫不经心地娓娓而谈，实则语重心长，耐人寻味。他的这种风格值得珍视，在轻松随意中，若是更多一些对于“世间的事”的关注，更深地涉及一些苦难、疼痛和社会矛盾，就更可贵了。

（摘自《流淌的声音——中国当代散文诗百家精品赏读》，海天出版社 2015 年 1 月出版，耿林莽著）

（耿林莽，作家，编审。出版有散文诗集《散文诗六重奏》等十二部，散文集《人间有青鸟》等三部，文学评论集《散文诗评品录》等两部。2007 年纪念中国散文诗 90 周年活动中，被授予“中国散文诗终身成就奖”，2015 年获《星星》诗刊主办的“首届鲁迅散文诗奖”。）

内心的生活或作为象征的大海

——庞白散文诗论

__周根红

一

庞白是广西诗坛为数不多的既写分行诗歌又写散文诗的诗人之一，并且他的散文诗丝毫不逊色于他的诗歌。庞白的诗歌与散文诗创作具有某种相通性：总是在日常生活的描写之外具有更深的内心语境。这些诗句需要我们有更多的生活体验、事物观照和内心感受才能被唤醒。我们也才能真正去把握庞白诗歌创作的精神向度。

庞白散文诗里的日常生活实际构成了他诗歌世界的内在秩序和象征氛围。他的散文诗让我们回到了一个象征化的日常世界。他的诗歌涉及许多日常事物，或者说他的诗歌本身就是日常生活的语言陈列，诸如春雪、蝴蝶、蚂蚁、钟摆、柳条、石头、栅栏、蒿草、竹子、玻璃、狗、灯、鸟、青蛙、树木等。这些貌似我们司空见惯的日常物象，庞白却以新的修辞想象，让日常的叙事发生转移，从而使日常事物呈现出不同的象征意义。如：“这样的白日光中，有喜悦，在冲动，有清凉和光亮，但是都深埋梦境，深埋淤泥之中了。”（《白日光穿过薄春》）“长时间盯着一朵洁白的野花时，眼睛会缓缓涌起迷茫。越来越大的迷茫，渐渐泛滥成大海一般的蔚蓝，辽阔无边。”（《白色的野花无边无际》）“我看见那些光线陷入无法自制的长久悲伤，看见黑暗在不远处狂舞如暴，听到巨大的声音直上云霄然后消失于无形，看见一只孤鹰中止飞翔突然坠落。”（《流逝》）“他的倒影，成全了不必下蹲却自然下沉的渴望，和蝴蝶、蚂蚁一起，度过一天中最踏实的时光。”（《蝴蝶、蚂蚁和人的背景》）从一道白日光、一枝野花、一条光线、一个背景里看到这么多的内容，流淌出如此深刻的思想，足见诗人的敏感与体悟。

在今天这样一个技术化的社会，一切正如本雅明所说的“灵韵”正在消失，那些日常事物在我们的生活中仅仅是一个工具性的存在。我们已经失去了挖掘它们原初意义的动力而对此变得默然。正是在这种情况下，日常生活也逐渐成为一种意义贫困的存在。庞白是一个善于发现日常美学的诗人。他的诗歌总是离不开日常生活。他的诗歌散文诗集《天边：世间的事》的内容简介就这样说：“瘦云、马灯、残园里喷薄的绿意、大海里涌动的浪涛……沉默的万物，构成了诗人灵动的内心；携手开放的油菜花、直上云霄的鸟鸣、岩石里的春天、塔尔寺的白旃檀树……流动的万事，筑造了诗人开阔的视野。文字隐秘的波纹将在阅读中扩散，你会发现，每个人的世界都是一个独特的湖泊。”他就借助这些日常事物和现象对事物内部意义的追寻和伦理功能的吁请，建构了一个理性的、自省的意义空间。就像他的散文诗《回声》，其实就是对自我的一次解构。他不断将自己身体的每一部分拆分开来，赋予它们某种生存的意义。如“眼睛如果还在，先虚化，然后浮起来，送给飘荡在半山腰的云。让一切惩罚如愿——看到真相，就是罪过。”从庞白的散文诗中我们可以看出，庞白诗歌的话语主体是一个理性的观察者，是一个经验主体。这与一般诗人仅仅停留于日常物象的观看有着很大的不同。庞白对日常事物的一草一木都充满了丰盈的内心感受。他以象征主义的目光，看到了那些我们无法看到的生活印记，将那些在我们内心失去的东西重新打捞起来，并以个人经验建构感受，从而形成了一个意义的海洋。

二

日常生活总是有太多的偶然性和世俗性。这些偶然与世俗的物象，芜杂地存在于我们的空间里稍纵即逝，或者被我们所忽略。庞白的诗歌正是要将这些无主题的变奏，变成一种主题化甚至主体性的词语秩序，让这些看似烦琐无序的东西超越了一般意义上的哲理，进而具有更为深刻的主体意义。

正如庞白所言："对于我来说，诗歌是另一种意义的大海。文字的谐振让我感到生命的律动有其内在的真理。这样的律动让生命从无知、迷茫和浮躁，走向有序、平淡和从容。青春的激情正在离去，内心的激烈日渐舒缓。"正是随着青春激情的消散，庞白诗歌里对意义的追索显得更为深刻，掺杂进了大量的自我生活体验。"残园用绿色吸引并拦阻我好奇的目光：生命正在破碎和喷薄！"（《绿在破碎和喷薄》）一座到处是断砖碎瓦的残破园子，被很多人所写，然而那些写作更多指向的无非是时间的消失与残损，诗人庞白则在看到残破的园子时，又从一片绿里看到生命的喷薄。这是一种顽强的生长于时间之内的绿色。其实，生命无不如此，无不是在破碎、杂草丛中生长、枯萎、消逝和返回。也许，这些绿色还不仅仅是生命的象征，不仅仅蕴涵着生长。“眼前这些绿，没办法不绿。但是它们也是喑哑的。凝聚的绿把光亮降了下来。”（《命运降临，暗绿渐起》）

同样，他这样写天地万物：“当我的迷恋，高过我的目光，千山安静；当我的默想，低于我的膝头，万物花开！”（《万物花开》）诗人对万物的尊崇、对自我的谦逊可见一斑。这些关于诗人与万物之间关系的一种界定，让我想起苏轼那句“寄蜉蝣于天地，渺沧海之一粟”的感叹。不过，与苏轼的感世伤怀所不同，庞白是真正将自己置身于万物之中。所以，《万物花开》其实是自我的一次低头回望与反省，而不是高高在上的抒情。“人在其中，被劫持，被淹没，被踩踏，被深陷，虽不可自拔，却心甘情愿。”（《春天刚来，深秋已至》）这样的句子，我们很难将他与写季节的诗歌联系在一起，或画上等号。甚至单看这一句，我们都无法找出二者的相关性。但是，诗人庞白就是从这些季节的变迁中找到了生命存在的某种常态。且看他的《生长在僻静中传扬》：

一切僻静，只因为生长。

洁白和浅蓝，在山涧，在流水边，在高高矮矮的树林和杂草之间，绽开。

当所有世外的秘密隐蔽在此，在此开放。我似乎听到时光低沉地说：

一切将如愿而至。

如愿——

清晰些，更清晰些。

啊，野兰的声音，正在隐忍与寂静中传扬，正在石壁上攀缘！

在僻静中发现生长的奥秘，这样的发现可谓独到。“野兰的声音，正在隐忍与寂静中传扬，正在石壁上攀缘！”这样的生长，何止是野兰，其实我想还有许多诗人自己的生活体验。诗人说：“在世俗的纷杂和喧嚣中不知不觉走到今天，很多刻骨铭心的感受淡了，很多只争朝夕的节奏慢了，很多未曾看清的事物明晰了，面对身边的快速演变，有时我以为自己是静止的……”诗人的这种感受，就像这章散文诗所传达的，“在隐忍与寂静中传扬”。

正是时刻指向内心，庞白的诗歌总是充满情绪化、感性的内心波澜。如他的《大雨初晴，灵魂出窍》《命运降临，暗绿渐起》《白光穿过薄春》《白色的野花无边无际》《重新开始或者去留无意》《生长在僻静中传扬》《表情》《延绵》《弥漫》《失神》《向沉默和遗忘致敬》《致无尽泛滥》《一盏灯在远处的青山上明灭闪烁》《但愿如此，直至终老》《一些嫩草在缓缓爬行》《春天里，梦见泥土飞扬》等，光从标题上我们就能看出，他很少使用静止化的词语，而是带着动感和情绪。这些诗歌，让诗人回到抒情，回到内心，从而使得自己与写作对象物置身于意义的海洋，在极其细微的枝节上发现自己对生活的坚守与追求。正如廖德全说："华坚笔下的草木、街景、陶罐、兵马、动物、植物、山脉、湖泊，大海里的波涛、高岭上的庙宇、门坎上的老者、傲岸的孤鹰……平静里蕴含着生命的激荡，凡俗中绽放着陶然的美丽。这些事物燃烧着诗人的激情，飞扬着诗人的狂放，寄寓着诗人的喜怒哀乐、爱恨情仇。他喜欢从细微着手，以世间俗常事物触发感受，抒发对空阔境界的向往，对人类终极命运进行思考。"

三

值得注意的是，诗人写了许多关于大海的诗歌。

大海在庞白的诗歌里具有非常重要的象征意义。庞白说："我一直居住在大海边，在海滩上散步，在海风中思考，深夜里醒来聆听大海的呼吸，从事与大海紧密相连的工作。可以说，大海与我紧密相连，亲近无间。"庞白从事过海员工作，虽然据他所说时间不算太长，但是，一个生活和工作都与大海有着某种亲近感的诗人，他居住的大海和他工作过的大海，无疑会成为他诗歌里最为重要的部分。这些关于大海的诗作，正是诗人带着个人精神传记色彩的诗歌。

庞白对大海的书写，一方面是总体性的想象，如《大海不说话》《关于海》《这里是大海》《在这里，看见大海》《听涛》等。《形容大海》先抑后扬，将大海写得很平静，是一种曾经沧海后的平静："面对大海，除了用辽阔、壮丽、恐惧、神秘……来形容，我们还能想出什么别的词语？"确实，大海给了我们太多的想象，我们能想到的这些词语，在庞白那则成为一种欲罢不能的挫败感，其实他非常希望能给大海一种新的描写，但是，即便作为海员的他，也无能为力。但是，诗人很快就说出："蔚蓝的海拔，无边的从容，凹凸的不规则，无法回避的关注，不由自主的摇晃，漫天的寂静……"诗人对大海写得粗犷、删繁就简，他舍去了细节和场景，他要做的就是给海一个定位，一个概念，一种情感。结尾的"骄傲无处藏匿"

将大海的豪迈和骄傲引而不发，给我们无尽想象。然而，更进一步，诗人在《庸俗和骄傲大踏步穿越迷雾》里，“和我们一起走吧，到无边无际的海天间，挥手、鼓掌、胡思乱想——和大海一起疯狂！”这召唤着我们与大海的一致性，召唤我们“一起疯狂”。另一方面，庞白无可避免地选择了具有大海标志意义的象征物进行书写，如《海鸥》《灯塔》《桅灯》《孤礁》《锚灯》《一只海鸥在天上飞》《桅杆高高在上》《那些波浪是奔腾的野马》等，都是对大海象征性物象的抒写，传递出大海的独特性和个体情感。

作为一个曾经的海员，庞白总是在自己的诗歌里流露出对大海的向往和怀念。《老船》《遥想大海》《帆影》《残桅》《虚拟一片海——给一位老船长》《掩藏的痕迹正在展开》等，都带着某种回忆性。无疑这些都是诗人对逝去过往的一次凭吊。当“离开”了大海后，诗人只能“遥望大海”或“虚拟一片海”，想象“那流动的声音，如一场战役，正徐徐展开。”这也是庞白自己的内心感受，他对大海的情感，何尝不是像一场战役一样徐徐展开呢。尤其是《虚拟一片海——给一位老船长》，实现了情感体验和经验领域的统一。他将过去的记忆移植到日常生活中，大海在他的写作中占据了极其重要的地位。这是他有意识地建造的一个属于自己的词语空间。大海不仅是他所体验、回忆和想象的空间指向物，也是他诗歌写作的方法论——“大海方法论”：通过对自己思想和内心的过滤，让词语成为通往日常和内心的桥梁，使得这些诗句具有了充足的象征意义，并且形成了诗人观察和表达这些事物的背景。诗人喷薄而出的主体感受，随着诗人的生活经验，让他的诗歌真正成了一种经验式写作，成为抒情的话语、存在的反思和内心的表意符号。无论他对日常物象的抒写，还是对大海的追忆，他都不是批判主义的，而是将自己的切身感受借助某种对象物和盘托出，创作一个完全属于自己的话语体系和真实经验的写作。

（周根红，文学博士，南京财经大学新闻学院副教授。）

后 记

写一本行走广西的散文诗，起念源于一次去西山途中。望着车窗外迅速出现又消逝的景物，心里有一种难以描述的滋味。这是怎样一块土地，车窗外的景物，缘何存在，与我有什么关系。但是要写什么，怎么写，有清晰的冲动，却一直只有模糊的计划。

四不像，乱写。这是后来才有的想法。

“乱写”，可能是很多写作者的期待：没有顾虑，信马由缰。多年前，我就想这样写一本书了。其实也不能说是乱写，“放纵地写”更准确些。“四不像”也不准确，实际上，我是想写一本忘记文体、篇幅、结构的书。书里的文字，可以是小说、散文或者诗歌、散文诗的，也可以是请假条、图片说明、摘抄那样的，那一定会写得很过瘾。

但是，后来我意识到自己错了。写一本书，“没有顾虑，信马由缰”，与其说不容易，不如说几乎不可能。我越写越觉得不能“放纵地写”，甚至越写越觉得与“乱写”南辕北辙了。不过不管怎么样，有机缘收拢感受，形成这样一本书，还是值得庆幸的。这样的写作，让我有机会认识这片土地，领略这片土地的巨大魅力，虽然只是走马观花。

这块土地叫广西。

广西有陆地面积23.76万平方公里，岛屿651座，土地面积和英国、加纳差不多，比阿曼、白俄罗斯、吉尔吉斯等这些国家还大。这几个数据，让我大吃一惊。自己在广西生活了几十年，竟然不知道广西是这么大一个地方。而且，这仅仅是土地面积，它的物产、历史、人文、江河湖海以及其他呢？稍作了解，我便发现自己对广西知之甚少，一种遥远、缥缈的疏离感不由袭来，但同时又有一种惊喜和幸运感油然而生。我为自己狭隘的认知、见识感到羞愧。

于是想，徐霞客当年是怎样到广西的，鹰一样飞来？如果这本书的写作者是徐霞客，他会选择从哪里开始？他最好奇的是什么？马援将军和瓦氏夫人他们，当年在这块土地上都做了些什么，走过哪些地方？千百年前的南宁、桂林、柳州、百色、河池和合浦是什么样的存在；漓江、邕江、西江、南流江、红水河澎湃过哪些地方；布洛陀的后裔生活有哪些变化？桂花的清香携带种种神秘，飘荡、盘旋，它的味道曾漂洋过海，是不知所终，抑或什么时候已悄然返回，成为这片土地的一部分。

我们的祖先，在这片土地上的生活，对后世的我们产生了什么样的影响。我相信他们的委屈和耻辱，骄傲和欢乐，仍然留存山川、河流和土地深处，看不见，但能感觉到。我想寻找、聆听，想看一看他们的生活，想感受一下他们的前生后世。

这样的渴望、感觉、寻找、聆听，使我想到搭地铁。

沿着阶梯深入大地，走进地铁，你会想到什么？现代人可以凭借这样的方式出入泥土深处，古人呢？他们对地下的世界，既好奇又渴望，既敬畏又恐惧。在中国传说中，地下，有更深的沟，更丰富的资源，是阎王、土行孙们的世界，有不为我们所知的神秘。搭地铁时，我常在那不太长的时间里有穿越千年的感觉。穿越千年时光，是要去见谁？地铁上遇见的陌生面孔，我们之间有没有联系？

对我来说，广西是一块既实又虚的土地。生活在这里，却又感觉与它若即若离。这种不由自主的若即若离，对我有着几乎坚不可摧的吸引。

我好奇印刻在陶瓷上的，是寄托，是预言，还是咒语？大火中凝固成的泥黄色，是传递爱情还是表达愤怒？好奇岩石上的人物是敬天敬神而后迁徙，还是讲述顺应天命知足常乐。好奇巫调中回旋的炽热和悲凉，江面上缠绵又决绝的山歌，一座古镇收藏的风声雨声，松林里遇见的松鼠，大海深处传来的笑声……

我把这些好奇和行走中的感受，整理出来，成了这本书。

感谢所有遇见。

（2018 年 5 月 30 日）